鬥嘴一班 32

公主成長記

卓瑩 著

新雅文化事業有限公司
www.sunya.com.hk

目錄

人物介紹

文樂心
（小辮子）

開朗熱情，
好奇心強，
但有點粗心
大意，經常
烏龍百出。

高立民

班裏的高材生，
為人熱心、孝
順，身高是他
的致命傷。

江小柔

文靜溫柔，善解人意，
非常擅長繪畫。

胡直

籃球隊隊員，
運動健將，只
是學習成績總
是不太好。

黃子祺

為人多嘴，愛搞怪，是讓人又愛又恨的搗蛋鬼。

周志明

個性機靈，觀察力強，但為人調皮，容易闖禍。

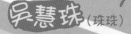**吳慧珠**（珠珠）

個性豁達單純，是班裏的開心果，吃是她最愛的事。

謝海詩（海獅）

聰明伶俐，愛表現自己，是個好勝心強的小女皇。

第一章　爭妍鬥豔

　　這天是春節過後的第一個開課日，同學們都如常地背着書包回到學校。

　　不過這天跟往常有點不一樣，他們每個人的手上，都多出一盆燦爛的萬壽菊，文樂心、江小柔、高立民、

黃子祺和吳慧珠等同學自然也不例外。

　　大家都按照各自的班級及編號，把盆栽整齊地放在操場一角，形成一

片鮮黃色的花海。

這片花海雖然都是萬壽菊，但當中有長得花繁葉茂的、有含苞待放的、有嬌豔欲滴的，倒是各有各的美態，誰也搶不了誰的風頭。

文樂心放眼望去，忽見一盆橙色的萬壽菊，傲然獨立於黃色花海當中，顯得分外耀眼。

她連忙湊前一看，發現花盆上寫着江小柔的名字，頓時驚喜萬分：「唷！小柔，怎麼我們的花都是黃色，只有你的花是橙色？好特別呢！」

　　高立民也目光一亮地說：「橙色的萬壽菊比黃色的艷麗得多，老師的

評分必定也會特別高呢！」

「怎麼會？很多同學的花都是橙色啊！」江小柔趕緊擺着手澄清。

謝海詩托了托眼鏡笑道：「橙色的萬壽菊有什麼稀奇？我的花也是橙色啊！」

「是嗎？」黃子祺回頭往花叢中找，卻怎麼也找不到橙色的花，

費了一番功夫後，才總算在一個不起眼的角落找到她的盆栽。

謝海詩的盆栽的確長得茁壯，可

惜並沒有長出花兒，不曉得到底是黃色還是橙色。

黃子祺即時「嗤」聲一笑道：「海獅，你這是吹牛吧？連一個花蕾也沒有，誰知道它會是什麼顏色？」

謝海詩也不惱，只不慌不忙地揚起一本小畫冊道：「誰說它長不出花來？它曾經同時綻放出五朵花兒呢，只不過現在花期剛過，但不打緊，我

已把它最光輝的一刻拍下來，記錄在
這本成長小冊子上，你們看！」

　　這本成長記錄冊整理得十分細
緻，在短短數頁的內文中，不但詳細
記錄了花兒的成長過程及種植心得，
還貼有花兒每個成長階段的照片。

　　五朵橙色花兒同時綻放，就恍如有五個太陽同時照耀大地般光彩奪目。

　　有幸得見花兒曾經的璀璨，文樂心欣喜地讚道：「海詩，你的成長記

錄冊做得很用心呢！」

　　江小柔也自歎不如地說：「我的小冊子只有兩頁而已！」

　　吳慧珠更是慚愧地一吐舌頭：「你們都比我好，我只隨便貼了一張照片就算呢！」

　　與此同時的另一邊廂，鄰班的張佩兒、張浩生和許立德同樣各自捧着盆栽，相繼地步入校園。

　　張佩兒的花兒也長得亭亭玉立，一朵鮮豔的黃色萬

壽菊昂然地豎立於頂端，並隨着張佩兒的步伐輕輕搖動，有如一位儀態萬千的少女。

　　張佩兒邊走邊欣喜地看着花兒，
沒注意地面有一級小階梯，腳踝微微
一歪，整個身子便往前方摔去。

　　幸虧一位男生正好走前面，她只

輕輕撞了那位男生的背部一下，便迅
速站穩腳步。

　　然而，走在前方的男生被她猛然
一撞，也着實嚇了一大跳，本能地回
身察看時，卻恰好碰到了張佩兒手上
的盆栽。

　　張佩兒大吃一驚，慌忙伸出雙手，把盆栽牢牢地護在懷中。

　　盆栽確實是穩住了，但盆栽上那朵一枝獨秀的花兒，卻經不起如此衝擊，一下子像個皮球似的，骨碌碌地從枝葉上滾了下來。

「噢，我的萬壽菊
啊！」張佩兒驚呼。

第二章　最出色的花農

　　親眼目睹自己用心栽種了三個多月的花兒，在短短的一瞬間驟然飄落，張佩兒難過得無法言語。

　　她緩緩地蹲下身子，愛憐地把花兒拾了起來。

　　「我分明已安然地把它帶進學校，跟操場就只剩下五米的距離，為什麼偏偏會發生這樣的事？」張佩兒很不甘心，濃濃的怒氣直往上湧。

　　她當即跑上前拉着剛才那位男生，氣呼呼地喊道：「喂，你不能走，

是你毀了我的花，你得賠償！」

那位男生一臉無辜地攤了攤手：

「我什麼時候碰過你的花？」

張佩兒見他矢口否認，更是火冒三丈，立刻把手上的黃色落花高舉到他眼前，怒氣沖沖地質問道：「我的花一直好端端的，就是因為你碰到了它，它才會掉落的！」

那位男生頓時眉頭一皺，冷冷地反駁道：「我一直走在前方，是你自己忽然從後撞上來，我還沒跟你計較，你卻反過來指責我，這是什麼道理啊？」

23

走在後頭的張浩生目擊了整個過程，也認同男生是無辜的，於是趕忙上前好言相勸道：「佩兒，算了罷，這只是個意外而已！」

　　「怎麼會是意外？」張佩兒使勁地搖頭，不依不饒地說：「既然他是走在前面，就應該一直往前走，為什麼突然停下來？若非他猛然回頭，我的花兒也就不會掉了！」

　　那位男生見她如此蠻不講理，也不禁有些動氣：「忽然有人從後撞了我一下，難道我不該回頭看看是怎麼回事嗎？更何況，花開花落本來就是

平常事，你憑什麼算到我頭上來？」

　　張浩生見那男生也不好對付，為了息事寧人，忙把身子橫在二人之間，先代張佩兒向那位男生賠不是，繼而將她的盆栽取走，再把自己那一盆往她手裏塞，嬉皮笑臉地打着哈

哈：「哎喲，你就別跟他計較了，我
跟你交換不就行了？」

　　「這怎麼可以？」張佩兒仍然滿
臉不悅。

　　然而，當她不經意地瞟了張浩生
那盆萬壽菊一眼，只見盆栽居然長出

了四朵橙色的花兒，比自己的那盆漂亮得多，心中暗自一樂，嘴角便不由地微微往上彎，氣也就消了一大半。

就在這時，上課鈴聲響起，身為評審的老師們都陸續來到花叢前，為各級評選出三位最出色的小花農。

不一會，結果出來了，江小柔、謝海詩和張佩兒被選為最出色小花農。

「哇，你們都很厲害喲！」大家都好奇地圍了上來，紛紛嚷着要見識一下她們種出來的花中之王，到底是什麼模樣。

江小柔、謝海詩和張佩兒都各自捧着自己的盆栽，興高采烈地站在一起，預備迎接眾人艷羨的目光。

就在這時，文樂心忽然「咦」了一聲，指着壁布版上的花兒成長記錄冊，疑惑地問道：「張佩兒，你這張照片上的花蕾不是黃色的嗎？怎麼如今開出來的花會變成橙色的？」

　　張佩兒心頭立時「喀噔」一聲，心中暗叫不好。

29

聽到文樂心對自己的花提出質疑，張佩兒心下一驚，不禁心虛地想道：「糟了，剛才我一心為花兒難過，不假思索便接受了張浩生換花的主意，卻忘了這是『一人一花』的比賽活動，如果大家得知我的花是從張浩生那兒換來，他們會不會以為我是存心作弊？」

她心念一轉，隨即聳了聳肩，擺出一副毫不在意的樣子道：「這有什麼稀奇？不過就是拍攝時的燈光和角

度問題，令照片拍出來有點偏黃而已！」

「哦，原來如此！」大家見她説得有理，便也沒有很在意，只紛紛點了點頭，事情便過去了。

張佩兒見大家把注意力轉移到別處後，才重重地舒了一口氣。

張浩生也替她捏了一把冷汗，忙上前輕拍她的肩膀，低聲地安慰道：「放心，沒事了！」

誰知張佩兒一聽便氣不打一處來，狠狠地瞪他一眼：「都是你出的餿主意，害得我幾乎被誤會是在作弊！」

她隨即又歪着頭，狐疑地問道：「你該不會是故意的吧？」

張浩生頓時有些哭笑不得，趕忙高舉雙手，一臉委屈地連聲喊冤：「我見你剛才難過得快要哭的樣子，才想着要跟你換花，你可不能冤枉我哦！」

　　旁邊的許立德也趕緊上前幫腔
道：「對啊對啊，我們都是為你好！」

　　張佩兒回頭看了看張浩生和許立
德，見二人一副誠惶誠恐的樣子，不
禁既好氣又好笑，忍不住「噗嗤」一

聲笑了出來：「我只是隨口一說而已，你們緊張什麼啊！」

他們見她終於笑了，才安心地噓了一口大氣。

張佩兒一邊笑，一邊回頭瞄了文樂心一眼，心中暗自嘀咕：「哼，大家都沒有注意到的事情，怎麼單單只有她如此多管閒事？她該不會是在妒忌我吧？」

風紀代表選舉

這天早會的時候，徐老師甫步進教室，便在黑板寫上：「風紀代表選舉」數個大字。

「新一屆的風紀選舉，你們今年可以報名參加了！」她微笑着向大家宣布。

得知終於有資格參與這個代表着榮耀的盛事，同學們都表現得十分雀躍。

黃子祺首先拍掌歡呼道：「耶！過往我們年紀小，只能看風紀哥哥們的臉色，這次終於輪到我們發威呢！」

「是啊是啊，我也想一嘗當風紀的滋味呢！」周志明也興奮不已。

謝海詩見他們如此興高采烈，不禁掩嘴笑道：「高興什麼？風紀可不是任何人都能當的，你們符合要求嗎？」

　　周志明被她問倒了，立時有點不好意思地撓了撓頭，乾笑着問道：「嘿嘿，當風紀是要有什麼特定條件嗎？」

　　徐老師看了他們一眼，微笑着點

頭道：「當然了！風紀的主要職責是協助老師執行各種任務，所以一定要懂得自律，還要具備責任心、服務精神和使命感，為其他同學樹立良好榜樣。」

她語氣一頓，又接着補充道：「在正式出任風紀前，所有入選的同學還必須進行實習，並參與為期兩日一夜的培訓，經老師評定合格後，方能成為風紀啊！」

「原來老師對風紀的要求如此嚴格啊！」大家的熱情剎時冷了半截，特別是那些平時不太愛遵守紀律的同

學。

　　徐老師環視了同學們一眼，然後一正臉色道：「好，選舉正式開始！你們每人可以從班中舉薦一位同學作為候選人，再經全體同學投票，選出四位得票最多的風紀代表。」

我想推薦
謝海詩！

徐老師剛語畢，吳慧珠已率先舉
手道：「徐老師，我想推薦謝海詩！」

「好的！」徐老師旋即轉身，把
謝海詩的名字記在黑板上。

謝海詩也不甘落後，立即接口

道：「我想提名江小柔！」

　　「徐老師，我想提名高立民！」
胡直也接着舉手。

　　「喲，原來提名也挺好玩嘛！」
黃子祺見大家都可以隨便提名，於是
也貪玩地跟着喊：「徐老師，我提名
馮家偉。」

猛然聽到自己的名字，馮家偉嚇了一大跳，忙慌急地連連擺手：「哎呀，我平日連功課都做不好，怎麼能當此重任？徐老師，黃子祺是鬧着玩的，請您千萬別當真啊！」

別當真啊！

他本以為自己如此説，徐老師便會就此作罷，沒想到徐老

師卻搖搖頭道：「這是同學的提名，誰也沒有取消的權力。」

她鼓勵地看他一眼，微笑着說：「你會否真的當選，最後還得看其他同學是否認同啊！」

霎時間，大家又再興奮起來，連串同學的名字便像蜜蜂似的，嗡嗡嗡地在教室內來回穿梭，令整個教室都沸騰起來。

 **第四章　風紀的任務**

　　雖然同學們看起來像在湊熱鬧似的亂提名，但當到了正式投票的那一刻，他們的神色都不由地變得慎重起來。

　　正如徐老師所說，提名歸提名，最終是否真的眾望所歸，卻是另一回事。

　　經過同學們一番認真的投票及點票後，風紀代表的名單終於出爐了。

　　徐老師按照黑板上的投票數字，朗聲地宣布道：「我們班的風紀代表

選舉，得票最高的四位同學分別是文樂心、江小柔、高立民和胡直，恭喜這四位同學！」

「耶，我成功了呢！」從沒當過風紀的文樂心高興壞了，但接着她又托着頭，有些苦惱地問道：「當風紀到底要做些什麼呢？」

高立民白了她一眼，搖搖頭嘲笑道：「真沒見識！」

文樂心也不生氣，只調皮地朝他做了個鬼臉道：「我們誰也沒當過風紀，大家都是半斤八兩而已！」

江小柔連忙笑着道：「別擔心，

我們合共是四個人，一定可以兵來將擋的！」

　　胡直則興奮地揮舞着拳頭道：「好期待呢，不知道什麼時候才能正式開始啊！」

　　就在這時，徐老師笑着插話道：「不用期待了，你們的第一個任務已經來了！」

　　胡直即時熱烈地追問：「這麼快
就有任務了嗎？是什麼是什麼？」

　　「還有一個多星期就是校慶開放
日，你們的任務就是負責協助老師布
置校園。」徐老師說完後，又忍不住
再提醒道：「這是你們成為風紀後的
第一個考驗，一定要好好表現，別丟

了我們班的面子哦！」

　　四人異口同聲地答道：「徐老師請放心，我們一定不辱使命！」

　　他們的確坐言起行，當天午飯後便立刻圍坐在一起，商討籌備工作。

　　江小柔側着頭道：「參與校慶開放日的來賓，很多都是慕名而來的家長和小朋友，我們可以介紹學校的歷史、科目和活動，好讓他們對學校有更全面的認識啊！」

　　「嗯，這個主意很不錯！」高立民連連點頭。

　　文樂心腦筋一動，喜盈盈地提議

道：「如果我們把學校舉辦過的活動和獎項，張貼在走道四周，你們認為如何？」

　　「好啊！」江小柔頓時靈感滿滿，「我們還可以把相關的資料，設計成色彩繽紛的小海報，用繩子將它們一張張串連起來，就像天花板的掛飾一般，懸在顯眼的位置！」

　　對設計一竅不通的胡直，立刻拍了拍胸膛和應：「懸掛掛飾的任務，就交給我好了！」

　　在決定了具體的方向及分工後，大家立即開始分頭行事。

當一切都準備就緒後，他們便相約於放學後的空檔，合力把預備好的掛飾，懸掛於各層的圍欄及牆壁上。

隨着同學們的陸續離開，放學後的校園逐漸回歸平靜，只隱約傳來陣陣啾啾的鳥鳴聲。

忽然間，一聲「哎呀」的尖叫聲，響徹了整個校園。

「怎麼回事？」文樂心、高立民等人都吃了一驚，趕忙放下手上的工作，急匆匆地向着尖叫聲的方向奔去。

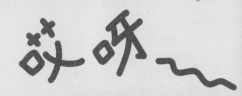

第五章　公主駕到

　　那聲驚人的尖叫聲，原來是從地下的一個活動室傳出來。

　　當文樂心等人循聲來到活動室

時，只見張佩兒、張浩生和許立德正站在活動室門外，三人都滿布不悅的神色，似乎是在爭執什麼。

張佩兒瞪着張浩生和許立德，怒氣沖沖地大聲喊道：「我們只是學生，為什麼要負責收拾活動室？這兒那麼髒，我才不要進去呢！」

張浩生無奈地一攤手，賠着笑道：「我們現在是風紀哦，要負責的事情自然比其他同學多！」

張佩兒順着他的話點了點頭，直着喉嚨喊道：「就是因為我們是風紀，不是清潔工人，才更不應該做這些事

情啊！」

　　「噓，小聲一點！」許立德見她
的話說得過分，嚇得心驚肉跳，趕忙
小聲小氣地勸道：「其實這也沒什麼，
只要我們同心協力，很快就可以完成
了啦！」

可是張佩兒仍然
憤憤不平地說道：「同
樣都是風紀代表，別人可
以輕輕鬆鬆地畫畫圖、掛掛裝飾，而
我們卻要負責這種厭惡性的工作，老
師憑什麼如此偏心！」

張佩兒的聲浪很大，惹得其他留

在學校上課外活動的同學，都紛紛從教室跑出來看個究竟。

張浩生和許立德聽到張佩兒如此批評老師，早已嚇得臉色發白，再加上圍觀的同學越來越多，心中更感不妙。

張浩生唯恐張佩兒會把事情鬧大，影響老師對他們的印象，便好說歹說地安撫道：「好吧好吧，那你先在旁邊歇一會，清潔活動室的任務，就交給我們好了！」

其他同學見狀，都紛紛替張浩生和許立德打抱不平。

「喲！藍天小學什麼時候來了一位公主啊？真是好大的威風呢！」人羣中有人大聲譏諷道。

一位男生隨即和應：「可不是嘛？她這個『公主病』可真是嚴重，要找醫生治一治才好！」

此話一出，女生們都聽得眉頭一皺，馬上出言反駁道：「嘿，什麼就只有公主病？你們男生的王子病也不少呢！」

那位男生也沒有爭辯，只漫不經心地笑着道：「不管是公主病還是王子病，反正都是有病就是了！」

霎時間，圍觀的同學們都哈哈大笑，連聲歎道：「喲，這兩位跟她搭檔的男生，也真是太倒霉了呢！」

　　聽到大家七嘴八舌地在議論自己，張佩兒生氣地喊道：「你們在胡

説八道什麼！」

大家見她一副惱羞成怒的樣子，對她也就更是反感，登時起哄地嚷嚷道：「怎麼啦？你的確就是有公主病，難道我們說錯了嗎？」

聽到他們如此嘲笑自己，張佩兒自然是怒火中燒，很想立刻反駁回去。

然而圍觀的人實在太多，她不免也有些忌憚，只好抿起嘴巴咕噥了一句：「哼，我才懶得跟你們一般見識！」便轉身走到一旁去了。

一直默不作聲的張浩生卻猛然回

頭，以凌厲的眼神掃視眾人一眼，冷冷地說道：「我們跟佩兒是好朋友，好朋友之間就是應該互相幫忙，不是嗎？」

許立德昂起鼻頭，輕哼一聲道：「就是嘛，像你們這般斤斤計較，誰會跟你們做朋友啊！」

他們的話似乎也有幾分道理，大家一時為之語塞。

然而接着，有認識他們的同學在人羣中大聲喊道：「依我看，你們何止是朋友，簡直就是佩兒公主的左右護法啦！」

霎時間，陣陣轟然的譏笑聲此起
彼落。

　　張佩兒、張浩生和許立德匆匆對
視了一眼，一時都尷尬得臉紅耳赤。

　　藍天小學的開放日，終於來臨了。

　　為了配合開放日的活動，風紀隊長文宏力一大早便召集了各班級的風紀，安排他們各自負責不同的崗位與

戶外操場

樓梯

室內運動場

任務。

　　文樂心和江小柔負責在室內體育館站崗，高立民和胡直則負責在樓梯轉角處引路，至於張佩兒、張浩生和許立德則被編到戶外的操場上迎賓。

　　「聽徐老師說，今天體育館會有一連串跟中國文化相關的文藝表演，

當中包括武術、舞蹈和雜技等等，內容非常精彩呢！」文樂心一臉興奮地說。

江小柔也滿心期待地說：「太好了，我們可以一邊站崗一邊看表演，寓工作於娛樂呢！」

站在身後的張佩兒聽了，很不服氣地瞪着她們道：「為什麼好的崗位，永遠也輪不到我嘛！」

許立德不以為意地聳了聳肩：「誰叫我們沒有一個當風紀隊長的哥哥啊！」

「那又如何？難道哥哥就可以假

公濟私嗎？」張佩兒刻意調高聲浪，明顯是要讓文樂心聽進去。

張浩生瞪了許立德一眼，低聲地埋怨道：「拜託，你這是唯恐天下不亂嗎？」

為了避免再次生出什麼事端，張浩生趕緊上前拉着張佩兒，語氣急迫地催促道：「活動快要開始了，我們快走吧！」

當他們三人來到操場時，校園入口處早已放着一張長長的桌子，桌上放着名單及名牌，預備隨時接待賓客。

按照文宏力的安排，張浩生和許立德是負責為來賓點名及掛上名牌，而張佩兒則負責簡介活動及引路。

　　然而偏巧不巧，這天天氣十分寒冷，颯颯的寒風一下接着一下地打在他們的臉龐上，感覺就像自己忽然變成了土豆，被人握在掌心一刀刀地削着皮。

張佩兒禁不住打了個寒顫，心中卻越想越是覺得委屈，忍不住狠狠地一跺腳道：「憑什麼文樂心可以舒舒服服地窩在室內看表演，而我就非得要站在這兒吃大北風？」

張浩生和許立德本打算上前安撫一番，然而此時學校的大門已經打開，數十位等在外頭的家長和嘉賓們，都迫不及待地湧進來。

一下子要應付這麼多賓客，張浩生和許立德都頭皮發炸，只好手忙腳亂地為他們逐一點名和掛上名牌，再也顧不上安慰正在犯「公主病」的張

佩兒了！

　　張佩兒見他們不搭理自己，心中越發生氣，便索性賭氣地離開了崗位，自個兒跑到遠遠的角落去。

　　過了好一會，當張浩生和許立德剛把所有賓客都迎進室內，還未來得及喘一口氣，便聽得身後傳來一把責

備的聲音道：「你們不是負責為嘉賓引路的嗎？為什麼我剛才見到有賓客迷路了？」

他們趕緊回頭一看，原來來人正是風紀隊長文宏力！

第七章　委過於人

　　文宏力板起臉孔，冷冷地掃了張浩生和許立德一眼，擺出一副興師問罪的樣子道：「為什麼就只有你們二人？我記得這兒應該還有負責引路的張佩兒，她去哪兒了？」

　　　　　張浩生和許立德
　　　　　一直忙得不可開交，

無法兼顧張佩兒，如今聽到文宏力有此一問，才驚覺張佩兒原來不知何時已經不在操場了。

他們面面相覷，完全答不上話來。

文宏力見他們一臉茫然的樣子，也無可奈何，只好點點頭道：「我們分頭去找吧！」

他們立刻回頭往不同的方向張望，但礙於此時來賓眾多，要從中找出她的身影實在不易。

就在這時，遠處傳來張佩兒的聲音：「你們不用找了，我在這兒！」

他們循聲望過去，只見張佩兒正倚着走廊的圍欄，似笑非笑地望着他們。

文宏力見她一副懶洋洋的樣子，頓時臉色一沉：「張佩兒，你剛才跑到哪兒去了？為什麼擅自離開崗位？」

「崗位？」張佩兒冷笑一聲，

「我這個算是什麼崗位?是吃大北風的崗位嗎?」

「什麼意思?」文宏力一怔。

張佩兒二話不說走到操場,雙手往左右平伸,呼呼的寒風即時把她的長髮吹得飛揚。

她把長髮往後一掠,毫不忌諱地質問道:「風紀隊長,難道你不知道這兒是全校最當風的位置嗎?為什麼你的妹妹文樂心可以躲在體育館內看表演,而我卻要冒着寒風站在這兒迎賓?你分明就是偏心啊!」

對於她的指責,文宏力並沒有動

你明就是偏心！

氣，仍然耐着性子解釋道：「我派你來擔任迎賓的崗位，主要是因為你的成績向來是公認的好，也曾多次擔任藍天電視台的節目主持，口齒一定比較伶俐，相信你有能力應付來賓的提

問，並非故意要偏心誰。」

聽到文宏力在誇讚自己，張佩兒臉色稍寬，但隨即又搖了搖頭，一臉不相信地淡然一笑：「你是隊長，你怎麼說都有理！」

張浩生見張佩兒不依不饒的樣

子，擔心她會跟隊長鬧僵，連忙呵呵
一笑地上前解圍道：「隊長說得對極
了，如果只靠我和許立德二人，還真
的不好應付呢！」

　　許立德也趕忙連聲附和：「對啊，
我們成績都不怎麼樣，萬一家長查詢
有關學習上的情況，答得不好的話，
會很影響家長對學校的觀感呢！」

　　他們這樣一唱一和，也不過就是
想緩和氣氛，卻沒想到反而激怒了張
佩兒，只見她狠狠地瞪着他們，怒不
可遏地說：「好哦，原來連你們也覺
得是我的錯對嗎？你們這樣還算是我

的朋友嗎？」

　　張浩生和許立德沒料到會弄巧成拙，一時都不知道該怎麼回應。

　　這時麥老師剛好經過，見到他們爭執不休，便上前查問道：「發生什麼事了？」

　　文宏力當下便把事情的始末，原原本本地告訴了麥老師。

　　麥老師嚴肅地看着張佩兒：「你身為風紀，為何沒有履行職責？」

　　一看到麥老師那雙凌厲的眼睛，張佩兒便禁不住身子一抖，忙怯怯地低着頭，尋思着要找什麼藉口來為自己開脫：「我……我剛才肚子痛，去了洗手間，但我有請張浩生和許立德幫忙頂替的！」

她邊說邊伸手往他們二人一指：「不信你可以問問他們！」

張浩生和許立德見狀，都愕然地睜大了眼睛，一臉不敢置信地瞪着張佩兒。

第八章 可怕的獨行俠

在慌亂之下，張佩兒竟然把過錯往張浩生和許立德身上推，他們都一臉震驚地盯着她。

張佩兒被他們盯得心頭發慌，只好急急把頭扭到別處，不敢與他們對視。

她這副閃躲的神情，令二人的心窩都彷如被人用針刺了一下似的痛。

被好朋友誣陷當然不好受，張浩生和許立德心中也十分氣惱，本打算即場拆穿張佩兒的謊言，以證自己的

清白。

　不過，當他們看見張佩兒一副張皇失措的樣子時，始終還是有點於心不忍。

　二人悄悄對望了一眼後，便都很

有默契地低下頭來，誠懇地向麥老師道歉：「麥老師，對不起，是我們疏忽了！」

麥老師見他們老實認錯，也就沒有再深究下去，只嚴肅地告誡他們：「我明白你們要兼顧兩個崗位很不容易，但是我們不能怠慢客人，如果真的應付不來，應該馬上向其他風紀或老師求助，不能逞強，知道嗎？」

二人唯唯諾諾地點頭，站在旁邊的張佩兒更是連大氣都不敢喘，待得麥老師和文宏力都離開後，才總算是鬆了一口氣。

張佩兒見自己安然過關，立刻上前一拍張浩生和許立德的肩膊，得意地笑道：「你們看，只要我們三人團結一致，就算是風紀隊長，不是也拿我們沒辦法嘛？嘿嘿！」

她以為他們必定會像往常一樣，跟她一起歡快地笑笑鬧鬧，然而這一次，他們不但沒有回應，連看都沒有看她一眼。

　　「你們怎麼了？」她疑惑地問。

　　可是，他們依然沒有理會她。

　　張佩兒見他們不

理睬自己，那團好不容易才熄滅了的怒火，瞬即又再熾熱起來。

哼！

「好，不說就不說，有什麼了不起！」她重重地「哼」了一聲，便負氣地轉身走遠了。

張佩兒以為他們倆只是一時意氣，過兩天便會雨過天晴。

然而自此以後，張浩生和許立德便再也沒有理會她，就連午休的時候，他們也不再像以往那樣跟她一起

用餐了。

「他們到底怎麼了？」她開始感到不安，不明白到底是怎麼回事，很想找機會跟他們聊一聊。

但每當她想要靠近時，他們都借故躲開，久而久之，她漸漸也由不安

變成惱怒。

　　不知情的同學見她總是鐵青着臉，都紛紛退避三舍，以免殃及池魚。

　　如此這般，張佩兒一下子由擁有「左右護法」的公主，變成人見人怕

的獨行俠。

　　一天早上，當校車剛抵達學校門口時，天空忽然下起傾盆大雨。

　　沒有帶備雨傘的張佩兒，坐在校車內不敢下車。

　　若是換了平日，跟她同乘一輛校車的張浩生和許立德必定會撐着雨傘，爭相上前為她遮風擋雨。

　　只可惜這一次，他們倆連看都

沒看她一眼，便自顧自地撐着雨傘離開。

　　張佩兒雖然既生氣又難過，但又無可奈何，只好把書包頂在頭上，狼狽地冒着大雨跑進校園。

這場雨真的不是一般的大，只不過數步的距離，張佩兒也已經被雨水弄得渾身濕透，連一頭亮麗的長髮，也在一滴一滴地淌着水。

她連忙匆匆躲進洗手間，先行整

理一番。

看着鏡子裏的自己，她懊惱地輕拍臉龐，低聲地呢喃道：「真糟糕！如果被人看見我這副模樣，必定又會被笑話呢！」

她一邊用面紙擦拭着衣服和頭髮，一邊回想着剛才張浩生和許立德對自己視若無睹的畫面，心中頓時難過極了。

想起昔日他們三人同進同出的美好時光，張佩兒心頭一酸，不由地「嗚嗚嗚」的哭起來：「我們以前不是相處得挺好的嗎？為什麼忽然就變

成了這樣？」

「張佩兒，你怎麼啦？」身後傳來關懷的聲音。

張佩兒回頭一看，驚見來人竟然是文樂心，立時吃驚得脫口而出道：「怎麼會是你？」

文樂心發現她臉上掛滿淚珠，同樣嚇了一大跳，連忙關心地問

道：「佩兒你怎麼了？發生什麼事了嗎？」

　　向來要強的張佩兒自然不想在文樂心面前示弱，於是趕緊拭去臉上的淚水，勉強擠出一個笑容道：「沒事，我只是有點感冒而已。」

文樂心知道她愛面子，也沒有說破，只親切地輕拍她的後背，微微一笑道：「沒關係的，如果你遇到什麼困難，可以告訴我，我們一起解決。」

張佩兒原本並不打算告訴文樂心，但文樂心那把溫柔的聲線，卻讓她那顆早已脆弱不堪的心靈，感到前

所未有的安全與溫暖。

　　她不由地開口說道：「其實也沒什麼，不就是為了張浩生和許立德嘛，也不知他們怎麼啦，忽然就不理我了！」

　　文樂心跟他們雖然只是鄰班同學，但也經常見到他們形影不離的樣子，感情相當要好，得知他們忽然鬧翻了，也不無驚訝地問道：「他們不是一直都對你很好嗎？怎麼回事了？」

　　張佩兒隨即把開放日那天的事情，一五一十地告訴了文樂心。

得知前因後果後，文樂心有些恍然地道：「對於親近的人，我們很多時都會要求特別高，卻忽略了他們對自己的好，這樣會很容易造成誤會呢！」

　　「我沒有忽略他們啊，我一直都很重視他們的！」張佩兒委屈地搖着頭，但接着又遲疑地點了點頭，有些結巴地說：「只是……只是當遇上心情不好的時候，我說話的語氣，或許會不太好吧！」

　　「這就是了！」文樂心連連點頭，「朋友之間的相處，不但要互相

關懷和體諒，更要顧及別人的感受，不能因為自己心情不佳，便隨意亂發脾氣，這樣會把關心你的人都趕跑啊！」

「但是，你不是也認為朋友之間應該互相體諒嗎？情緒低落的時候，偶爾發洩一下，身為朋友不是也應該多包容嘛！」張佩兒抿了抿嘴道。

文樂心攤了攤手，有些無奈地說：「話雖如此，但容忍也得有個限度啊，如果太習以為常，即使再好的朋友也會失望而去呢！」

張佩兒努力為自己辯解：「我真

的不是故意的，我只是控制不了自己的情緒！」

「既然知道問題所在，那麼你最應該要做的事，就是學習控制情緒，只要你能誠心悔改，他們必定會原諒你的！」文樂心安慰道。

也許「原諒」這兩個字實在是太刺耳，張佩兒不悅地牽了牽嘴角，一臉不屑地說：「哼，什麼原諒不原諒的，我才不稀罕呢！」

她旋即一個轉身，頭也不回地離開了。

當天晚上，張佩兒仍然氣呼呼地

躺在牀上，一直未能成眠。

「豈有此理，文樂心憑什麼這麼說我！我哪兒有忽略他們？我對他們不知有多好，經常都會買些小禮物給

他們啊！」她很不服氣。

　　然而，她一個轉念，又疑惑地自言自語起來：「咦，我上次送禮物給他們是在什麼時候？送了什麼？我怎麼完全記不起來？」

　　「難道，真的是我不對嗎？」她

開始不再那麼自信了。

想着想着，她的目光不經意地往窗台上一掃，一盆橙色的萬壽菊映入眼簾。

就在這麼一瞬間，她忽然有一種如夢初醒的感覺。

第十章　大發神威

　　一個晨光明媚的早上，文樂心、

高立民、江小柔、胡直、張佩兒、張

浩生和許立德等新任風紀，與負責帶

隊的麥老師一同乘坐旅遊車，來到一

個位於郊外的度假營地，預備進行為

期兩日一夜的風紀訓練課程。

　　這個度假營地的面積很大，他們

下車後還得沿着一條小斜坡，往位於

山上的營地大樓走去。

　　這時已經接近初夏，嫩綠的樹木

被陽光照耀得有如綠寶石一般閃亮，

走在陽光底下難免會有點汗津津，背

着背包的同學們，也就更是早已汗流浹背。

　　當大家氣喘吁吁地來到營地後，麥老師便隨即吩咐道：「你們的宿舍是位於七樓，請大家按照風紀前輩們的指示，在五分鐘之內把行李放好，然後到五樓的活動室集合。」

　　文樂心抬頭望着高高的營地大樓，痛苦地喊道：「救命啊，為什麼偏要安排這麼高的宿舍哦！」

　　江小柔也有些為難地皺起眉頭道：「走樓梯不能急，我們慢慢來吧。」

105

　　高立民和胡直見她們一副可憐巴
巴的樣子，忍不住主動提出道：「你
們女生的身子也太弱了，來，把背包
交給我們吧！」

　　文樂心和江小柔都驚喜萬分，忙
連聲感激地說：「你們人真好，謝謝

交給我們吧！

啊！」

張佩兒回頭見張浩生和許立德除了背包外，手上還各自挽着沉重的手提包，於是也依樣畫葫蘆地走上前，討好地問道：「不如我替你們拿手提包好嗎？」

誰知張浩生和許立德完全不領

情，只冷冷地回了一句：「不
必！」便大踏步地從她身旁繞了過
去。

碰了一鼻子灰的張佩兒，心中既

窘迫又難過，卻又無可奈何，只好悶聲不響地跟在後頭。

來到活動室後，麥老師首先把數十位風紀代表分成十個小組，並詳細地解釋道：「在這兩天的訓練當中，你們跟組員是命運相連的共同體，換而言之，你們必須與組員共同完成所有任務，方能正式成為風紀。」

而文樂心跟張佩兒、張浩生和許立德，卻恰好被編成一組。

「自己出了一點差錯，便會連累全組組員，壓力也太大了吧！」她不安地咕嚕。

高立民卻得意地掩嘴偷笑道：「小辮子，這叫做團隊精神啊，你連這個也不懂嗎？幸好我跟你不同組，呵呵！」

麥老師接着把一疊舊報紙，平均分發到每一組的桌子上，然後吩咐道：「你們的第一個任務，就是要在半小時之內，利用眼前這些舊報紙堆出一個高塔，以最高者為勝！」

在麥老師的一聲令下，各組組員都爭分奪秒地動了起來。

文樂心、張佩兒、張浩生和許立德自然也不敢怠慢，馬上

取起桌上的報紙，合力把它們一張一張地扭成大紙球，再把它們堆疊起來。

在製作過程中，由於他們必須用手把報紙逐一打開，再揉成紙團，結果不消一刻，每個人的手上都沾滿了黑漆漆的油墨。

張浩生和許立德暗中瞄了張佩兒一眼，見她非但沒有在意，反而表現得十分積極投入，都不禁有些意外：「奇怪，她怎麼沒有抱怨？」

在大家通力合作下，紙塔越堆越高，當文樂心握着最後一個紙球，預備要把它放到最高點的時候，卻忽然一腳踏空。

只聽得她「哎呀」一聲，不但把

快將完成的紙塔推倒，整個身子更是
失去平衡地往後倒，直向着後方的一
張桌子倒去。

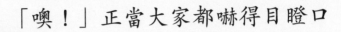「噢！」正當大家都嚇得目瞪口呆的時候，張佩兒竟毫不猶疑地衝了上前，伸手從後托住了文樂心的身子。

哎喲！

有張佩兒這麼一托，文樂心的
身子總算是站定了，但由於她的跌勢
太猛，身後的張佩兒承受不住這股衝
力，自己反倒一屁股跌到地上去。

　　張佩兒忍不住「哎喲！」一聲。

　　文樂心、張浩生和許立德急忙上
前察看，只見張佩兒的手肘處，擦出
了一道長長的血痕，看得大家心驚肉
跳。

文樂心頓時既驚慌又內疚，紅着眼睛地連聲慰問道：「對不起啊，張佩兒，你還好吧？」

　　「你千萬別亂動，我們去拿藥水

116

膠布！」張浩生和許立德緊張得不得了，一邊囑咐她不要亂動，一邊轉身便預備往醫療室的方向跑。

就在這時，張佩兒忽然大聲喊道：「你們給我站住！」

「不好了！」文樂心、張浩生和許立德登時臉色大變。

第十一章　缺一不可

　　正當文樂心、張浩生和許立德都以為張佩兒的公主病又要發作的時候，只見她猛然從地上一躍而起，也沒有理會自己的傷勢，二話不說便向着倒塌了的紙塔跑去。

　　她迅速俯下身來，把地上的紙球

快來幫忙啊！

一一拾起，並同時着急地回頭朝他們喊道：「時間不多了，你們還站在那兒幹什麼，快來幫忙啊！」

文樂心、張浩生和許立德這才會過意來，心中頓時既驚訝又欣喜。

在張佩兒的鼓動下，大家剎時都熱血沸騰，當即奮力地跑上前，同心協力地把倒下來的紙球重新堆砌起來。

當張佩兒站在高塔前，小心翼翼地把最後一個紙球放到塔頂上後，便聽到麥老師大聲宣布道：「時間到了！」

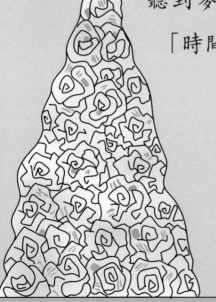

「耶，我們終於趕上了！」張佩兒激動得高舉雙手，回身想要跟他們擊掌。

文樂心立即笑着迎了上前，擊出了她和張佩兒的友誼。

趕上了～

張浩生和許立德雖然略為遲疑，但最終還是跟她舉掌一擊，清脆的掌聲，瞬即把四人之間的芥蒂擊了個粉碎。

在接下來的活動中，他們四人都合作無間，一切又彷彿回到了往日的樣

子，令張佩兒樂得整天都合不攏嘴。

就這樣，為期兩天一夜的風紀訓練營，不知不覺便來到尾聲。

在最後的一個活動環節中，麥老師要求同學以不記名的方式，在卡紙上寫下自己對每個組員的評價。

麥老師把紙卡收集後，再按照紙卡上的名字，派送到被評價的人手上。

張佩兒總共收到三張評價紙卡。

第一張紙卡上，畫着一顆火紅的心，旁邊有兩行清秀的字體寫着：「張佩兒雖然看似高傲，但內裏其實藏着一顆比火更熾熱的心！」

張佩兒心頭一暖，暗暗笑道：「如此工整的字體，必定就是文樂心寫的吧！」

接着她翻開第二張紙卡，上面有

一行歪歪斜斜的大字寫道：「她有時的確有點蠻不講理，但她對朋友還是挺好的，有什麼寶貝都不忘與我們分享，如果她能稍微把脾氣收一收就好了！」

「字寫得這麼醜，除了許立德還能有誰？」張佩兒笑着搖搖頭。

最後的一張紙卡，字體十分細小，好像有一窩螞蟻擠在紙卡

上似的，不消說，正是張浩生的手筆：「在這兩天的相處中，我發覺張佩兒有點變了。她變得比從前隨和得多，也開始懂得關心別人，而最令人意外的是，她為了救人而受傷，非但沒有抱怨，還不顧傷勢地堅持要完成任務，真是令人刮目相看！不過，懂得照顧自己也很重要，下次可不能如此冒險了！她的傷口，如今是否還在痛呢？」

讀到最後的那一句，張佩兒禁不住眼泛淚光。

這時她才發現，即使他們對她

不理不睬，卻仍然時刻關注她、關心
她，反而自己不知好歹地經常向他們
發脾氣，真是太不應該。

　　想到此處，她便再也坐不住，立
刻跳起身走到張浩生和許立德面前，
誠心誠意地說：「我知道自己以前太

任性，經常亂發脾氣讓你們難堪，實在很對不起，你們能原諒我嗎？」

二人見張佩兒竟然主動向他們道歉，頓時有點受寵若驚，張浩生緊張得臉都紅了，只不停地撓着頭乾笑道：「你能明白就好，其實我們一直都是好朋友，沒有什麼原諒不原諒的啦！」

許立德也趕忙附和道：「對對對，我們可是藍天小學的三劍客，缺一不可啊！」

張佩兒忙不迭點頭稱是。

三個人都客氣得像在演戲，惹得連他們自己，都忍不住笑了起來。

第十二章　公主大蛻變

　　今天是新學年的第一個開課日，文樂心、江小柔、高立民、胡直、張佩兒、張浩生和許立德等新任風紀，都遵照老師的吩咐，一大早便回到學校站崗。

　　這一次，胡直、高立民、張佩兒和許立德分別負責守在各層樓梯的轉角處，而文樂心、江小柔和張浩生，則負責在操場的大門入口處站崗。

　　當大家各就各位後，來自四面八方的校車便陸續抵達校園，大批同學

蜂擁而至，文樂心、江小柔和張浩生
趕忙上前維持秩序。

　　不一會兒，忽聽得操場的另一
邊，傳來「喀」的一聲。

大家回頭一看，只見一位低年級的小學妹，忽然嘔吐大作。

　　身處大門口的文樂心、張浩生和江小柔見狀，立時想跑過去幫忙，但無奈他們跟小學妹相差有一段距離。

　　在他們還未來得及反應時，一個身影已然搶先跑了過去。

　　原來這個身影，正是守在地下樓梯處的張佩兒！

　　那個小學妹見自己忽然嘔吐起來，心中已十分害怕，抬頭時又見

眾人都一臉吃驚地望着自己，頓時嚇得哇哇大哭。

張佩兒微微蹲下身來，不慌不忙地把一個膠袋遞給小學妹，一邊為她掃着背，一邊溫柔地安慰道：「沒事的，吐出來就舒服了！」

待小學妹嘔吐完畢後，張佩兒一邊接過袋子，一邊還不嫌穢地取出面紙，細心地為小學妹清潔臉上的淚水和污穢。

沒事的！

見到小學妹仍然一臉虛弱的樣子，張佩兒不放心讓她自行離去，於是索性陪着她來到醫療室，直到把她交給當值的老師為止。

事件擾攘了好一段時間，當張佩兒把事情處理完畢後，上課鈴聲也已經響起，便直接往教室方向走去。

當她來到三樓的走廊時，忽然聽到一陣轟然的掌聲與歡呼聲。

她抬眼一看，只見走道兩旁都擠滿了各班的同學。

張浩生和許立德站在人羣的最前方，領頭拍掌笑道：「歡迎我們的佩

兒公主回歸！」其他同學
聽了也跟着附和。

　　聽到「公主」二字，張佩兒即時
眉頭一皺，不安地連連擺手道：「哎

呀，你們怎麼還叫我『公主』嘛，我
已經很久沒有犯公主病了啦！」

　　許立德馬上笑着解釋道：「你
現在這個公主身分，跟從前的那個公
主，可不能同日而語哦！」

張浩生揚了揚眉，接口笑道：

「不錯！剛才你協助小學妹的舉動，大家都有目共睹，證明現在的你，已經蛻變成一位既溫柔又善良的公主，『公主』這個稱號，自然是實至名歸啦！」

「對啊！這才是我們心目中的真公主哦！」大夥兒齊聲喊道。

看到同學們夾道歡迎自己，張佩兒又再一

次感受到往日那種備受關注的「公主」級待遇，所不同的是，現在大家看她的目光，不再是嘲弄，而是欣賞與尊重。

這一次，她總算領略到真正集萬千寵愛在一身的「公主」，到底是怎麼樣的滋味。

不過，現在的她已經不想再當公主了。

她高舉雙手示意，待大家安靜下來後，才微微一笑道：「其實我從來都不是公主，只因大家一直都對我很好，好得讓我以為自己真的是公主，

把大家對我的好都視為理想當然，覺得所有人都應該遷就我。」

說到這兒，她感到一股霧氣從眼框內冒了出來，連聲音也變得沙啞。

她頓了頓後，才又再續說：「所以，這兒根本沒有什麼公主，請大家叫我佩兒就好！」

同學們熱烈的掌聲，在整個藍天小學的校園內迴盪。

「怎麼了？大家都不用上課嗎？」一把低沉的聲音響起。

「麥老師來了！」同學們頓時一哄而散。

請大家叫我佩兒！

　　就在大家都慌亂四散的同時，在麥老師那張滿是威嚴的臉容上，竟隱約地露出了一絲欣慰的笑意。

不知不覺，《鬥嘴一班》已經陪伴大家 10 年了，想不想了解更多角色的故事呢？在此送上彩蛋，請看八位主人公的秘密檔案……

文樂心的秘密檔案

　　大家是不是都認為我是個開朗活潑的小女孩呢？我的確比較喜歡笑，但也並非沒有傷心的時候，我只是擁有可以緩和心情的秘訣。

　　是什麼秘訣？就是找別人傾訴了！

　　你們還記得小柔曾經為了父母吵架的事情很難過嗎？當時我不知該如何安慰她，便決定詢問奶奶的意見，結果事情很快便得到解決！

　　還有一次，我發現有同學被人欺凌，但又愛莫能助，難過得整晚都不能入眠，幸好我的哥哥文宏力是風紀隊長，不但給了我寶貴的意見，還幫我聯手對付惡人呢！

　　除此之外，我還有一個絕密方法，就是把所有煩惱都寫進日記本子裏去！

　　你們知道嗎？日記本子其實是個愛吃煩惱的大怪獸，只要把煩惱寫進去，心情便會舒坦許多呢！

　　以上的方法，大家都不妨一試，讓我們一起努力面對和解決困難，做一個既勇敢又開朗的孩子吧！

江小柔的秘密檔案

　　我的性格比較內向膽小，說話也是細聲細氣，所以大家都會覺得我是一個既溫柔又體貼的小女生，無論遇到什麼事情都不會生氣。

　　不過，試問誰又會完全沒有脾氣呢？

　　在我的記憶中，便曾經發過一次很大的脾氣。

　　那次我為了參加一場大型的繪畫比賽，花了兩星期的時間，廢寢忘食地預備參賽作品，但就在畫作即將完成時，弟弟卻爬到尚未乾透的畫作上，不但把顏料糊開，還在上面印了好幾個七彩繽紛的手印。

　　看到自己的心血毀於一旦，我忍不住大聲咆哮，把弟弟嚇得哇哇大哭！

　　我的下場會是怎樣，相信大家都可以想像得到。

　　沒錯，就是被媽媽訓了一大頓！

　　由於時間緊迫，我趕不及重新製作，只好硬着頭皮把畫作呈了上去，但結果卻出人意料。

　　原來就是因為多了弟弟的手印，評判認為畫作很有創意，反而因禍得福，獲得了二等獎！

　　為了獎勵弟弟這個大功臣，我還送了一盒飛機拼圖給他作補償呢！

高立民 的秘密檔案

　　我喜歡打籃球這件事人所共知，算不上是什麼秘密，但有一件事你們一定不知道，就是我除了喜歡打籃球和吹色士風外，其實還曾經喜歡唱歌。

　　喜歡的原因我也記不清了，只約莫記得在我五歲的時候，曾經跟媽媽一起觀賞一場戶外的演唱會，當時有一位帥氣的明星哥哥邀請我上台合唱，結果獲得許多掌聲和歡呼聲，一位電視台的姐姐更上前向媽媽游說，想邀請我到電視台參加小天才歌唱比賽。

　　我霎時自信心滿滿，以為自己真的是唱歌天才，然而當我真的來到電視台參賽時，才明白什麼是「天外有天，人外有人」。

　　所有的參賽者都實力非凡，我在第一輪初賽便被淘汰掉，歌星夢瞬間破滅。

　　從此我轉而學習色士風，跟文樂心和江小柔一起加入管弦樂團，還經常跟隨樂團參加演出呢！

　　我仍然喜歡唱歌，但只限於日常自娛，其實你們不必覺得可惜，能在毫無壓力下享受唱歌的樂趣，也挺幸福啊！

吳慧珠的秘密檔案

　　認識我的人都知道我喜歡吃，沒有什麼比吃上一頓美味的大餐更能讓我高興。

　　不過，我之所以特別喜歡吃東西，背後其實藏着一個不為人知的故事。

　　在我三歲的時候，媽媽的一位好友來訪，還為我們親自下廚做了一桌色、香、味俱全的佳餚。

　　後來從媽媽那兒得知，原來這位阿姨是一位星級廚師，怪不得她好像懂得魔法似的，三兩下子便變出一桌美食。

　　那時的我剛從吃稀飯轉為吃米飯的階段，何曾吃過如此人間美食？我瞬即陷進了美食的漩渦當中，再也回不了頭。

　　雖然事隔多年，但當時的那分滿足和喜悅，至今仍然令人回味無窮。

　　自此以後，我便喜歡吃東西，希望能嘗盡天下美食。

　　我在此謹向大家承諾，我一定會努力學好廚藝，總有一天，會成為像這位阿姨一樣的星級廚師，做出讓人百吃不厭的美食。

　　我很期待喔，你們期待嗎？

黃子祺的秘密檔案

問我有沒有秘密？嘿，如果我說沒有，你會相信嗎？

但我不知道應不應該說出來，因為如果這個秘密讓同學們知道了，他們必定會嘲笑我的。

事緣前陣子我跟媽媽一起逛商場時，見到溜冰場內有許多戴着頭盔的小朋友正在學溜冰，他們在雪白的冰場上隨意溜滑的樣子，真的好瀟灑啊！

我一下子就像着魔了似的，不停央求媽媽讓我去學溜冰，但她一直都不肯答應。

幸而我在一次考試中取得了不錯的成績，媽媽見我成績有進步，終於點頭答應了。

前幾天，我終於上了人生第一堂的溜冰課。

溜冰其實沒有我想像中那麼容易，短短的一堂課，我已經來來回回摔倒了無數遍，如今屁股還在隱隱作痛呢！

不過請放心，我不會因為少許挫折便輕言放棄，我一定會把它練好，然後在同學們面前好好地威風一回。

你們拭目以待吧！

胡直的秘密檔案

　　大家都知道我向來直腸直肚，從來藏不住秘密，是老師心目中的好孩子。

　　然而事實上，我並非如大家以為的那樣誠實正直，我也有撒謊的時候。

　　還記得在疫情期間，黃子祺曾因在家玩吹氣球，打破了爸爸的獎盃，結果被狠狠訓了一頓嗎？其實我也曾經在家中玩籃球時，不小心砸中了爸媽掛在客廳的結婚照，整個相架掉了下來，玻璃碎了一地。

　　這個相架是他們拍婚紗照時專門訂製的，不但費用高昂，而且極具紀念價值。

　　當時我心想：「這次我死定了！」

　　後來我靈機一動，把媽媽買給我的透明包書紙，按照相框的大小裁出一片來，把它連同照片重新放回相框內。

　　站在遠處看過去，倒也是幾可亂真。

　　如此這般，我僥倖蒙混過去，爸爸媽媽至今還被蒙在鼓裏。

　　但每當他們抬頭望向結婚照時，我的心窩便會砰砰亂跳。

　　這種心驚膽戰的感覺實在怪難受的，所以我決定找個合適的機會，向他們坦白這件事，從此不要再有秘密了！

謝海詩的秘密檔案

秘密？當然有，而且還不止一個呢！但正因為是秘密，當然就只能是我自己知道，又怎麼能隨便跟你們分享呢？不過，既然大家誠意拳拳，我就姑且披露一個小秘密吧！

其實我有一個特殊的小癖好，就是在家中喝水時，總愛使用一個帶有吸管，上面印着猴子卡通圖案的杯子。

這個杯子的確是有點舊了，杯身上的圖案已出現褪色的痕跡，用起來既不便捷也顯得幼稚，媽媽亦曾無數次要求我更換杯子，但我仍然堅持至今。

為什麼？因為這是我一歲時，莎莉姐姐送給我的生日禮物。

雖然她現在已經回到自己的家鄉，我也已經長大了許多，但我還是捨不得把它丟掉，因為它可以讓我不時回憶起那段美好的時光。

很幼稚是吧？你們儘管笑，我不介意。

不過，千萬別讓我知道你們把這個秘密洩露出去，否則……

嘿嘿，你們好自為之吧！

周志明的秘密檔案

如果你們來我家玩耍的話，便可能會發現一個驚天大秘密。

那就是我的家原來是個怪物屋，家中藏着許多奇形怪狀的小玩意，譬如：狗頭蛇身的玩偶、三臂一腿的沒頭怪與沒有時針只有分針的鬧鐘等等。

難道我家是怪物收容所？

當然不是啦，我家只是藏着一位偉大的未來工程師而已！

這個偉大的工程師是誰？嗯嗯，自然就是區區本人了，還能有誰？

你們向來只知道我跟吳慧珠一樣喜歡烹飪，但我最大的興趣，其實是喜歡把不同的物件拼拼湊湊。

拼拼湊湊的意思並非是指一般的拼圖，而是把遙控車、會發光的玩具槍，甚至是家中的鬧鐘，一一拆卸，再重新組裝。

能夠成功將物件重新裝嵌，變成極具創意的新玩意，這種滿足感實在是非筆墨所能形容。

當然，組裝的過程難免會遇上失敗，但正所謂：「失敗乃成功之母」，只要繼續努力，我距離成為偉大工程師的目標，還會遠嗎？呵呵！

鬥嘴一班 32
公主成長記

作　　者：卓瑩
插　　圖：Alice Ma
責任編輯：張斐然
美術設計：李成宇
出　　版：新雅文化事業有限公司
　　　　　香港英皇道 499 號北角工業大廈 18 樓
　　　　　電話：(852) 2138 7998
　　　　　傳真：(852) 2597 4003
　　　　　網址：http://www.sunya.com.hk
　　　　　電郵：marketing@sunya.com.hk
發　　行：香港聯合書刊物流有限公司
　　　　　香港荃灣德士古道 220-248 號荃灣工業中心 16 樓
　　　　　電話：(852) 2150 2100
　　　　　傳真：(852) 2407 3062
　　　　　電郵：info@suplogistics.com.hk
印　　刷：中華商務彩色印刷有限公司
　　　　　香港新界大埔汀麗路 36 號
版　　次：二〇二四年七月初版

ISBN: 978-962-08-8436-8
© 2024 Sun Ya Publications (HK) Ltd.
18/F, North Point Industrial Building, 499 King's Road, Hong Kong
Published in Hong Kong SAR, China
Printed in China